Manoel Soares & Marco Cena

O ESCUDEIRO DA LUZ
em

OS ZUMBIS DA PEDRA

Ilustrações de
Dango Costa
Paulo Daniel Santos

1ª edição / Porto Alegre / 2009

Capa: Marco Cena

Ilustrações – Coletivo Criador:
Dango Costa
Paulo Daniel Santos
Bruno Henrique Junges

Revisão: Renato Deitos

Coodernação do projeto: Maitê Cena, Bruna Dali e Carolina Hoffmann

Assessoramento de edição: André Luis Alt

S676z   Soares, Manoel.
           Os zumbis de pedra / Manoel Soares e Marco Cena. – 1. ed.
    – Porto Alegre : BesouroBox, 2009.
           72 p. : il. ; 25 cm.

           1. Toxicologia – Vício. 2. Dependência química. 3. Crack.
    I. Cena, Marco. II. Título.

                                                                  CDU 615.015.6

    Catalogação na publicação: Renata de Souza Borges CRB-10/1922

Todos os direitos desta edição reservados à
Edições BesouroBox Ltda.
Av. Assis Brasil, 1652/sala 404 - CEP: 91.010-001
São João - Porto Alegre - RS
Fone: (51) 3337.5620
www.besourobox.com.br

Impresso no Brasil
2009

Central Única das Favelas
Edifício Galeria do Rosário
Rua Marechal Floriano Peixoto, 38 sala 1619
Centro - Porto Alegre/RS
Fone: (51) 3224.3995
www.cufa.org.br/ www.cufars.org.br

Prefácio

Um dos momentos mais chocantes que vivi em minha vida está documentado no projeto – Falcão – Meninos do Tráfico. Milhares de perguntas vieram ao meu coração, quando vi a infância de meninos ser invadida pela realidade da violência causada pelo tráfico e consumo de drogas no Brasil. Em um trecho do documentário, crianças em uma brincadeira assumem no seu mundo de faz-de-conta os papéis de traficantes e consumidores em um roteiro que traduz com uma precisão assustadora o mundo onde milhares de jovens brasileiros estão inseridos. Passei os últimos anos esperando um grito de alerta para as cenas que vi, algo que sem ferir o imaginário infantil, que desse uma resposta ao processo de petrificação da inocência. E acho que parte dessa resposta começou a chegar, ao conhecer o Escudeiro da Luz, vejo que ele pode entrar naquele universo particular onde o menino fazia de um pedaço de madeira seu fuzil, e trazer de volta o que estava se perdendo numa fenda profunda entre o real e o imaginário.

A história dessas páginas não só resgatam a criança que admira a brincadeira de matar, mas resgata o adulto que, mesmo sem venda, brinca de cobra-cega frente à realidade que precisa ser combatida. É inspirador ver como esse livro conseguiu mergulhar no mundo dos sonhos e fantasias, limpar, lustrar, polir até que refletisse a realidade. Este não é mais um livro ou uma parábola sobre as drogas, mas uma poderosa ferramenta de prevenção que, através do imaginário, toca onde muitas campanhas contra as drogas não chegam: no coração da criança que há em nós.

MV Bill

Capítulo 1

Nilinho foi até a beira do precipício, deu uma espiada rápida para baixo e sentiu a cabeça girar. As pernas amoleceram e ele teve que se segurar para não despencar lá de cima. Sabia que lá embaixo, na escuridão daquela garganta medonha, rastejavam criaturas horrendas, cheias de pernas cabeludas, tentáculos gosmentos, dentes afiados, aranhas, escorpiões gigantes, galinaceossauros-rex e crocodilos famintos que cuspiam fogo por qualquer coisinha.

Olhou desanimado para a outra margem. Parecia impossível vencer aquela distância num pulo só, mas ele precisava chegar ao castelo da árvore o quanto antes, e para isso teria que atravessar a temível *garganta do esporão*. Seu irmão Nando estava lá agora, lutando sozinho com os cruéis e sanguinários sete lobos do terrível Conde Leopoldo XXIII. Pensou em desistir, mas a imagem do irmão, cercado de lobos assassinos por todos os lados, fez com que reunisse toda a coragem e as forças que tinha para pular o abismo. Deu uns passos para trás, respirou fundo e pimba!

O corpo magro e ágil desenhou um arco no ar, os dois pés bateram com força na beirinha da outra margem, balançou pra trás desequilibrado e rapidamente agarrou-se nos galhos retorcidos de uma árvore. Ficou ali, abraçado ao tronco da árvore, escutando a agitação das feras lá no fundo do abismo. Podia sentir o hálito quente e malcheiroso daquelas criaturas. Esperou o coração compassar e seguiu viagem. O primeiro obstáculo estava vencido.

Apressou o passo, ainda tinha que andar um bocado pela estreita beirada do precipício para chegar até o castelo e ajudar o irmão. Um espesso nevoeiro agora cobria tudo e o cheiro repugnante que vinha lá debaixo entrava queimando por suas narinas e ele quase não conseguia respirar. De repente, um tentáculo pegajoso e enorme agarrou uma de suas pernas e ele foi alçado no ar e depois puxado para as profundezas do abismo; conseguiu agarrar-se nas raízes que brotavam das paredes úmidas da garganta e, com o pé que estava livre, chutou com toda a força o tentáculo pegajoso.

Livre, escalou a parede de volta e começou a correr, desviando das pontas afiadas das pedras, das plantas carnívoras, dos poços de areia movediça, das setas envenenadas de terríveis pigmeus; atravessou uma teia gigante de aranha gigante, escapou por pouco dos dentes afiados de um *Esfomeadossauro-rex* e das pinças enormes de uma coisa parecida com um caranguejo com cabeça de leão, e finalmente chegou ao pé da figueira onde ficava o castelo. Como um tigre, escalou o tronco da árvore e chegou a tempo de tirar o irmão de dentro da boca de um dos lobos.

Na verdade, não era um castelo, eram só umas madeiras que o irmão havia pregado no tronco da figueira que ficava no pátio do vizinho, o seu Leopoldo, que morava na casa 23, ao lado da sua, e que tinha sete pequenos vira-latas. A *garganta do esporão* era um pequeno espaço onde seu pai criava um galo e duas galinhas. Toda essa aventura se passava na cabeça de Nilinho quando ele pulava da janela do seu quarto, que era quase encostada ao muro do seu Leopoldo, andava dez passos sobre o muro e chegava até a figueira.

Gostava de ficar ali na figueira com o irmão Nando conversando e vendo a cidade lá embaixo. Aventura mesmo era estar ali com o irmão mais velho escutando ele falar sobre as namoradas, a turma da escola. Legal mesmo era ser o "fiel escudeiro" do irmão. Um dia, Nando o levou pra conhecer uma garota e o apresentou assim: "Esse é meu irmão, Nilinho, meu 'fiel escudeiro'". Achou aquilo muito legal, não sabia o que era escudeiro, mas sentiu que era uma coisa importante e boa, algo assim como "o melhor amigo do mundo". Às vezes ficavam horas sem dizer uma palavra, só olhando as luzes da cidade. Nilinho tinha orgulho de ser irmão do Nando. Nando era forte, bem-humorado e não era feio; pra falar a verdade, Nilinho até que achava o irmão bem bonito. Com ele sentia-se protegido, não tinha medo de nada, nem de perguntar nada, qualquer bobagem que lhe viesse à cabeça, como naquela vez em que perguntou para o irmão se havia grama na lua pro cavalo do São Jorge comer.

Agora lá estava ele, sozinho. Anoitecia, e as luzes da cidade começavam a acender. Por onde andaria o irmão?

Nando tinha mudado, andava muito estranho. Mal parava em casa, e na figueira nunca mais tinha posto os pés. Nilinho chegou a se queixar para a mãe. "Seu irmão está crescendo", respondera ela, "deve estar com alguma namorada." A resposta da mãe não convenceu Nilinho. Para ele era ao contrário, o irmão tinha era encolhido, estava mais magro e, se fosse namorada nova, mais uma razão para os dois conversarem. Nando gostava de falar para ele sobre as garotas com quem estava saindo.

O irmão agora ganhara um apelido do pai: "ligação a cobrar", porque, quando lhe perguntavam alguma coisa, demorava para responder. Ao contrário daquele cara agitado de antes, agora parecia uma lesma se arrastando pela casa. A mãe passou a chamá-lo de "lesma tonta", tudo na brincadeira, é claro, e Nando parecia não se importar. Na verdade, o irmão parecia não se importar com mais nada. No último Dia das Mães, não fosse Nilinho falar, ele tinha esquecido. Muito diferente daquele cara que no ano anterior havia desenhado com flores no jardim o nome dela. O pai às vezes comentava alguma coisa sobre futebol, mas ficava quase sempre falando sozinho; Nando já não se interessava pelo time, estava sempre na rua, até mesmo quando tinha futebol na tevê, que era quando os dois sentavam para torcer, xingar o juiz, gritar e se abraçar quando saía um gol.

Se Nando parecia não se preocupar com mais nada, Nilinho, por sua vez, nunca esteve tão preocupado com o irmão, tentava puxar assunto, brincar, mas não era correspondido. Um dia, numa dessas tentativas de chamar a atenção do irmão, chamou-o de "sorriso de banana", porque seus dentes, que antes eram muito brancos, estavam ficando amarelados. Nando lhe devolveu um olhar furioso, e, pela primeira vez, Nilinho sentiu medo dele. Nunca tinha visto aqueles olhos no rosto do irmão, olhos sem brilho, fundos... de raiva.

    Outro dia, Nando entrou correndo e se trancou no quarto dizendo que precisava se esconder. Todos ficaram muito assustados; o pai queria saber o que tinha acontecido de tão grave, perguntava do lado de fora da porta, mas Nando só dizia que precisava se esconder; a mãe, chorando, pedia pra ele abrir para conversarem, Nando gritou para ela parar de bater, que calasse a boca e deixasse ele em paz. Nilinho nunca tinha visto o irmão falar assim com a mãe.

Uma noite, o pai tentou impedir que Nando saísse, estava começando a se aborrecer com a rotina do filho, que mal anoitecia e ganhava a rua. "Você parece um zumbi", gritou o pai. Os dois discutiram como nunca haviam discutido antes. A mãe pegou o Nilinho e levou pro quarto. A conversa exaltada dos dois só terminou quando Nando bateu a porta e saiu para a rua esbravejando. Nilinho perguntou pra mãe se ela também achava que o mano estava virando zumbi. "Deixa de bobagens, Nilinho", disse ela apertando ele contra o peito.

Naquela noite, Nilinho não conseguiu dormir, ficou deitado olhando a cama do irmão ao lado, vazia. O pai tinha razão, Nando parecia mesmo um zumbi. Lembrou que o irmão gostava muito de livros e revistas de terror, tinha uma coleção que não deixava ninguém mexer. Será que leu tanto essas coisas que acabou com alguma maldição? Nilinho foi até o armário onde o irmão guardava a coleção, pegou algumas revistas e começou a folhear. Vampiros, espectros, bruxas, demônios... Nilinho começava a se arrepender

de ter mexido naquilo, era um susto a cada página. Enfim, encontrou uma que se chamava *"Ninguém sabe o que os zumbis fizeram na noite passada"*. As figuras eram mesmo assustadoras. Será que o irmão ia acabar assim!? Precisava fazer alguma coisa, e depressa. Começou a ler a história, era como qualquer outra do gênero: um acidente radioativo causou uma epidemia na cidade que rapidamente se espalhou para o mundo todo. Os sobreviventes se juntaram para combater a horda de zumbis famintos, cuidando para não serem mordidos por eles e também virar zumbis, até que todo mundo morre, menos os zumbis, que já estão mortos mas não sabem.

Já era tarde da noite quando Nilinho fechou a revista, assustado, mas sabendo que zumbis vivem em grupos, não gostam de luz, estão sempre querendo morder alguém e sempre escabelados, pois não conseguem ver no espelho sua imagem, que não reflete em espelho nenhum. Quando Nando chegou da rua, Nilinho já tinha guardado a revista e se enfiado todo debaixo das cobertas, com medo do irmão. Escutou a porta da geladeira abrindo e fechando na cozinha, o barulho da descarga no banheiro, os passos no corredor e o leve ranger da porta do quarto se abrindo. O irmão nem acendeu a luz, atirou-se na cama sem tirar a roupa, sem banho, sem escovar os dentes... "Bem coisa de zumbi", pensou Nilinho, tremendo embaixo das cobertas.

No outro dia, decidido a tirar a limpo aquela história, Nilinho esperou o irmão chegar da rua armado com um espelhinho que ele pegara emprestado da mãe. Se o irmão não refletisse no espelho, era porque já tinha virado zumbi e aí era tarde demais. Já estava quase dormindo escorado na mesa da cozinha quando escutou o portão bater. Tirou do bolso o espelho e fingiu que brincava. Nando entrou e perguntou o que ele estava fazendo acordado numa hora daquelas e ele disse que estava sem sono. Enquanto Nando procurava algo para comer na geladeira, Nilinho, com o espelho, procurava um ângulo para mirar o irmão. Quando finalmente conseguiu ver a imagem do irmão refletida, deu um grito de alegria:

– Legal!

Nando virou-se rapidamente, levantou a mão em direção ao rosto do Nilinho, como se fosse bater nele:

— Cala a boca, pirralho! — A mão ficou no ar e o olhar irado do irmão paralisou Nilinho. — Deixa de grito! Quer que os coroas acordem e venham me encher o saco!?

Nilinho, apavorado, segurou o choro, baixou a cabeça e ficou olhando fixo para a mesa. Depois de um tempo, que lhe pareceu uma eternidade, levantou os olhos e ficou observando o irmão sentado à sua frente comendo um sanduíche. Os braços dele, que antes eram fortes, de causar inveja nos amigos e provocar olhares maliciosos nas meninas, agora pareciam dois gravetos cheios de feridas e marcas, como se há pouco tivesse levado uma surra; os cabelos, desgrenhados e sujos, assim como as mãos e as unhas. Tava na cara que há muito ele não tomava um banho.

Nando comeu em silêncio, levantou da mesa, olhou em volta, como se procurasse alguma coisa, pegou o liquidificador, enrolou no casaco e disse pro Nilinho:

— Tô levando isso aqui, cara. Se contar pros coroas, vai se arrepender.

Antes de bater a porta, virou-se e mais uma vez ameaçou Nilinho, desta vez sem palavras, apenas com os olhos.

Depois disso, Nilinho não falou mais com o irmão. Às vezes acordava à noite com o barulho dele deitando na cama ao lado, mas logo dormia, já não sentia medo, não sentia mágoa nem nada. Era estranho não sentir nada pelo irmão, estranho e triste, e esta tristeza agora era a sua companheira, a sua "fiel escudeira". Passava a maior parte do tempo trancado no quarto desenhando... desenhava a mãe chorando, o pai gritando, desenhava-se sem as orelhas para não escutar as brigas que diariamente aconteciam do lado de fora da porta, desenhava o quarto sem portas e sem janelas para os zumbis não entrarem e para ele não precisar sair. Um dia, o pai e o irmão estavam brigando por causa de um anel da mãe que havia desaparecido e, quando começaram a gritar um com o outro, Nilinho começou a se desenhar sem as orelhas e estranhamente os gritos pararam, então ele desenhou um cara tocando violino e dormiu ao som de uma linda música.

Uma noite, um forte temporal desabou sobre a cidade. Nilinho acordou assustado com o barulho do vento e dos trovões, abriu os olhos e viu a sombra de alguém dentro do quarto, parado em frente à janela. Teve vontade de gritar, mas o medo lhe tirou a voz. Um relâmpago cortou o céu clareando tudo em volta, e Nilinho pôde ver que era o Nando, parecia hipnotizado pelo turbilhão da tempestade lá fora. Nilinho desceu da cama, foi até a janela e parou ao lado dele. Não teve coragem de fitá-lo, ficou olhando as nuvens que pareciam enormes serpentes contorcendo-se no céu. Pensou: "O inferno deve ser assim".

Neste momento, o irmão falou:

– Parece o inferno, mas não é. Eu sei onde fica o inferno.

Nilinho ficou surpreso. O tom de voz do irmão parecia o mesmo de antes, de quando eles conversavam coisas sérias lá no castelo da figueira.

– E onde é o inferno? – perguntou gaguejando.

– É aqui dentro – disse o irmão apontando para o próprio peito.

Nilinho sentiu pena do irmão e um carinho que há tempos não sentia. Olhou o seu rosto magro, cheio de manchas, o olhar perdido na escuridão lá fora, e teve vontade de chorar. Disse com lágrimas nos olhos:

– Se zumbi puder ter um escudeiro, pode contar comigo, mano.

Nando olhou para ele e tentou esboçar um sorriso, passou a mão nos seus cabelos num gesto que lhe pareceu cheio de carinho e dor, depois foi até o armário, pegou as poucas roupas que ainda tinha, colocou numa sacola e saiu. Quando Nilinho escutou a porta da rua bater, abriu a janela, e a chuva e o vento quase o jogaram no chão. Subiu o muro e correu até a figueira. Lá de cima pôde ver a figura curvada do Nando sendo engolida pelo temporal e desaparecer na esquina. Sentiu que nunca mais veria o irmão.

Quando Nilinho voltou para o quarto, viu que o estojo que guardava sua maior relíquia estava aberto. Nando tinha levado, entre outras coisas, o relógio de bolso que ele tinha ganhado do vô Rodholfo. Nilinho adorava o avô e este havia lhe dado de presente o relógio antes de morrer.

Ficou se perguntando como é que o Nando pôde fazer uma coisa dessas, sabendo que aquele relógio tinha um valor inestimável pra ele.

QUE TAMANHO MAL TINHA SE APODERADO DO IRMÃO QUE FAZIA COM QUE ELE NÃO RESPEITASSE NEM ISSO?

Capítulo 2

O irmão não voltou mais para casa. A mãe dizia que era por causa do pai e o pai dizia que era por causa da mãe... Já não se entendiam mais, e o pai também foi embora. Nilinho encheu um caderno com desenhos do irmão e do pai voltando, mas eles não voltaram. Desanimado e triste, guardou os lápis numa gaveta e não desenhou mais.

Um dia, enquanto ele e a mãe jantavam, a mãe perguntou por que ele parara de desenhar, ela gostava tanto dos seus desenhos. Disse que pareciam mágicos, vivos, que ela ficaria muito contente se ele voltasse a desenhar de novo.

— Acho que não consigo mais – respondeu.

— Por que você não tenta? – insistiu a mãe. – Você já viu nosso jardim como está? Era o seu pai quem cuidava dele e agora eu não tenho mais tempo para cuidar e o capim tomou conta. Por que você não desenha umas flores pra mim?

A mãe andava muito triste e tinha razões de sobra para isso, o pai tinha ido embora e o Nando não dera mais notícias. Ela agora tinha que trabalhar dobrado para sustentar a casa ou o pouco que havia sobrado do que antes ele chamava de "meu lar". Nilinho sabia que ela fazia um esforço tremendo para que ele não percebesse o quanto estava triste e cansada. Os dois só se viam pela manhã, no café, antes dele ir para a escola, e à noite, quando ela chegava do trabalho, e aí jantavam juntos e conversavam um pouco antes do cansaço vencê-la.

Nilinho foi pro quarto, tirou os lápis da gaveta, sentiu um amor tão grande pela mãe que chegou a doer no peito, e então encheu um caderno de margaridas – as flores preferidas da mãe –, desenhou margaridas até pegar no sono. Pela manhã, a mãe entrou no quarto correndo:

— Nilinho, venha ver o que eu encontrei no jardim!

No meio do capim alto, no único pezinho de margarida que restara, nascera uma flor.

— Valente ela, não? – disse a mãe, ajoelhada ao lado da plantinha. – Sozinha, no meio dessas ervas daninhas, teve forças para desabrochar e mostrar sua beleza pra nós. Isso nos dá esperanças.

Nilinho se agachou a lado da mãe, roçou levemente os dedos nas pétalas brancas da flor, olhou para o jardim em volta e percebeu a diferença: não tinha notado até aquele momento que o jardim estava daquele jeito, e a beleza daquela pequenina flor fez com que seus olhos vissem que já não havia mais jardim, mas que bastava um gesto de amor para que tudo começasse a se transformar.

— Fui eu que desenhei essa flor pra você – disse abraçando a mãe.

O pai começou a vir buscá-lo aos fins de semana para saírem juntos. Iam ao cinema, ao shopping, às vezes numa praça. Era divertido, mas nunca completo, sempre faltava alguma coisa, claro que era a mãe e o irmão, mas Nilinho tentava não demonstrar isso para o pai, que se esforçava para agradá-lo. Nilinho contou para ele o que tinha acontecido no jardim depois que ele desenhara as margaridas. O pai deu uma risada e disse:

— Por que você não desenha uma mala cheia de dinheiro pra mim?

Nilinho ficou pensando e perguntou:

— Daí o senhor pega esse dinheiro e dá pro rei dos zumbis, para ele libertar o Nando?

— Que rei dos zumbis? – perguntou o pai.

— Eu sei o que aconteceu com o mano, pai – continuou Nilinho. – Ele foi mordido por um zumbi e virou um deles; eles têm um chefe que pede dinheiro pra eles e, se eles não conseguirem, o chefe não dá uma coisa pra aliviar a dor deles. Sabia que os zumbis sentem muita dor? Porque estão morrendo e ainda vivendo, não sei explicar direito.

O pai arregalou os olhos, assustado com a história que o filho contava.

— O Nando ficou sem dinheiro pra comprar a coisa, pai, e aí começou a levar as coisas lá de casa para o chefe dos zumbis e, quando não tinha mais o que levar, o chefe prendeu ele e agora...

— Tá bom, Nilinho! Para com essa história maluca — disse o pai com cara de tonto. — Não desenha mala de dinheiro nenhuma, só dinheiro não vai salvar o seu irmão. Desenha ele voltando pra casa bem bonito e forte, livre dessa maldição, tá bom?

Quando Nilinho chegou em casa, tentou desenhar o irmão, bem bonito como era antes, mas não conseguiu. Nando havia se transformado tanto e tão violentamente que até a imagem do que ele era antes havia se apagado. Jogou o caderno cheio de figuras disformes e traços trêmulos na parede do quarto, desistindo. Atirou-se na cama e começou a chorar de raiva. Sentia-se fraco e inútil. Ele, que um dia tinha sido o fiel escudeiro do irmão, que tantas vezes o tinha salvo dos dentes

afiados dos lobos do Conde Leopoldo, agora não conseguia tirar o irmão da escuridão em que havia entrado. Escudeiro de meia-tigela, escudeiro de anão de jardim... Que fiel escudeiro era ele, que já não conseguia empunhar um lápis para lutar contra um bando de mortos-vivos e que agora chorava com a cara enterrada no travesseiro?

– Cadê meu fiel escudeiro? – uma voz ecoou no quarto.

Nilinho levantou a cabeça depressa. Era a voz do irmão.

Olhou em volta, mas não havia ninguém no quarto. Por um instante, achou que ia ver o irmão na porta, sorrindo com todos os seus dentes brancos, vindo em sua direção com os braços estendidos. Já era noite, a luz do quarto estava apagada, apenas o azulado da lua pela janela. Esperou os olhos se acostumarem com a pouca luz. Num canto do quarto, o caderno jogado. Pegou o caderno, um lápis e começou a rabiscar.

– Cadê meu fiel escudeiro? – escutou novamente a voz do irmão.

Estava no escuro, como estava o irmão. Sentia-se fraco, como o irmão, sentia sede, muita sede, mas não era de água, não sabia do que era, sentia falta de alguma coisa, mas não sabia do quê. A mão continuava a desenhar no caderno. Lá fora, uma nuvem cobriu a lua e a fraca luz que entrava pela janela se apagou de repente... agora era só escuridão. Tudo parecia morto, como a alma do irmão; apenas a mão com o lápis tinha vida e continuava a correr pela folha do caderno. A mãe bateu na porta, o jantar estava na mesa, e foi como se tivesse despertado de um sonho que não sabia se bom ou ruim. Sentiu as pernas doerem quando tentou levantar, devia ter ficado muito tempo naquela posição, largou o lápis e, tateando no escuro, foi até a porta.

– Vem logo, senão vai esfriar tudo! – a mãe gritou da cozinha.

– Tô indo! – respondeu.

Depois da janta, voltou para o quarto, acendeu a luz, recolheu o caderno do chão e quase caiu para trás quando viu o desenho que havia feito. Era a figura de um homem. Vestia um casaco de capuz, era negro e tinha tranças no cabelo, usava óculos de aros grossos que emolduravam um olhar fulminante que dava medo e ao mesmo tempo segurança. Por baixo do casaco, usava uma camiseta com um símbolo com as letras "e" e "l". Nilinho não sabia como havia conseguido desenhar aquele personagem, afinal de contas, nunca tinha visto aquele homem em lugar algum. Como poderia ter desenhado alguém que nunca tinha visto ou sequer imaginado? E ainda por cima no escuro! E aquelas iniciais? EL? O que queriam dizer? Era como o "S" no peito do super-homem ou o "CH" do Chapolim Colorado. Nilinho passou a especular o significado daquelas letras: Elefante Laranja? Estranho Lunático? Deitou com o caderno nas mãos, pensando, e dormiu. Despertou no meio da noite, gritando:

— ESCUDEIRO DA LUZ! ISSO! ESTE É O SIGNIFICADO DAS LETRAS!

Nilinho acendeu a luz do abajur e, assombrado, viu que era o cara de desenho que estava ali, sentado na beira da cama.

— Ufa! Até que enfim você escolheu um nome decente – disse o cara.

— Quem é você? – perguntou Nilinho esfregando os olhos.

— Você acabou de dizer: Escudeiro da Luz. Deste nome eu gostei. Agora, Elefante Laranja! Faça-me o favor...

— O que você faz aqui?

— Como eu vou saber? Você quem me chamou! Vai ver tá com medo de dormir sozinho – disse a figura, levantando e examinando o quarto.

— Eu não chamei ninguém e não tenho medo de dormir sozinho – disse Nilinho invocado. – E para de mexer nas minhas coisas.

— Gostei do seu traço – disse o Escudeiro examinando os desenhos do Nilinho –, principalmente este aqui. Que sujeito bonito.

— Este é você. E eu ainda fiz no escuro.

— E este estojo? Que lindo. – O Escudeiro examinava com atenção o estojo do relógio de bolso.

— Deixa isso aí, cara, é um estojo de relógio de bolso.

— Cadê o relógio?

— Não sei. Acho que meu pai saiu com ele – respondeu o Nilinho, com vergonha de dizer que o irmão tinha roubado.

— O seu Rodholfo?

— Não, o seu Rodholfo era meu avô.

— Mas tá escrito aqui, atrás do relógio, "Rodholfo".

— Eu já disse. Rodholfo era o meu avô que morreu e deixou esse relógio pra mim.

— E por que seu pai tá usando?

— Você é curioso, hein, meu? – disse o Nilinho, tirando o estojo das mãos do Escudeiro.

O Escudeiro agora mexia no armário.

— O que você quer agora no armário? – perguntou Nilinho.

O Escudeiro fez que não ouviu.

— Que legal, revistinha de terror! Adoro!

— Larga isso! É a coleção do meu irmão.

— Cadê as outras?

— Não tem outras. Só essas.

— Então não é coleção, coleção é um conjunto ou reunião de objetos da mesma natureza ou que têm qualquer relação entre si – disse o Escudeiro num tom provocativo como se estivesse lendo o verbete de um dicionário.

— Tá bom, as outras estão guardadas em outro lugar – desconversou Nilinho.

— E onde estão? Me mostra.

— Não sei, meu irmão escondeu bem escondido. Ele adora essas revistas, não deixa ninguém tocar pra não amassar, entende?

— E onde está seu irmão? Tenho certeza de que consigo convencê-lo a me deixar dar uma espiadinha nelas – insistiu o Escudeiro.

Nilinho não podia dizer que o irmão tinha virado zumbi e que tinha vendido todas as outras revistas e o relógio dele para dar o dinheiro para o chefe dos zumbis, então disse que o irmão tinha viajado.

— Pra onde ele foi? Eu vou até lá, distância não é o problema. Veja isso – e o Escudeiro desapareceu de onde estava.

Nilinho olhou em volta desnorteado.

— Onde você se meteu?

— Estou aqui. – O escudeiro apareceu do lado de fora da janela. – E aqui. – Em cima do armário. – E agora aqui. – Debaixo da cama. Mentira é assim, você conta uma e logo tem que contar outra.

— É muito, muito longe – disse Nilinho meio tonto. – Acho que é uma ilha.

— Qual o nome da ilha?

— É uma ilha sem nome, fica no meio do meio do oceano.

— Que oceano?

Nilinho estava ficando sem saída. O tal Escudeiro era mesmo insistente e não ia desistir tão fácil.

— É um oceano que ninguém sabe bem onde fica, tem ondas enormes e é cheio de tubarões e outros animais monstruosos. A ilha tem sete vulcões que cospem fogo o tempo todo, e uma vez por semana uma onda gigante passa por cima dela varrendo tudo que encontra pela frente.

— Nossa! – disse o Escudeiro admirado.

— E eu ainda não contei sobre os terremotos e as chuvas ácidas e as nuvens de gafanhotos e...

— Para! – ordenou o Escudeiro. – Puxa! Que imaginação você tem, hein, meu?

Nilinho calou-se envergonhado, achando mesmo que desta vez tinha passado dos limites. O Escudeiro deu umas voltas em silêncio pelo quarto como se estivesse pensando "O que que eu faço com esse carinha". Depois, sentou-se ao lado do Nilinho.

— Você realmente é muito criativo, prova disso sou eu. Estou aqui porque você me criou. Sou um produto da sua cabecinha e, sobretudo, do amor que você sente pelo seu irmão. Estou aqui porque você não teve vergonha de pedir ajuda, porque você teve coragem de encarar que sozinho ninguém vence os zumbis.

— Você sabe sobre o Nando? E sobre os zumbis? – perguntou Nilinho admirado.

— Claro que sei. Sei dele e de muitos outros jovens que, como ele, caíram nessa rede de horror. Você não precisa ter vergonha só porque seu irmão caiu nessa armadilha também. Eu vou ajudá-lo a resgatar seu irmão das garras desses zumbis.

— Será que não é tarde demais?

— Nunca é tarde demais pra tentar. Não vai ser fácil, já travei muitas guerras contra esse mal, venci umas, perdi outras, o importante é nunca desistir. Tenho certeza de que, com meu conhecimento e o amor que você sente por ele, nossas chances de vencer são grandes, mas já lhe aviso: A vitória depende muito mais dele do que de nós dois.

— Só mais uma coisinha – disse Nilinho. – Enquanto meu irmão não voltar eu posso chamar você de irmão?

— Claro – disse o Escudeiro da Luz estendendo a mão para o Nilinho. – Toca aqui e vamos à luta, mano Nilo.

— Certo, mano El. Pode contar comigo.

CAPÍTULO 3

Nilinho entrou gritando na cozinha onde a mãe preparava o café.

— Mãe, põe mais uma xícara na mesa que meu amigo vai tomar café com a gente.

— Que amigo? — perguntou a mãe sem tirar os olhos do leite que estava no fogo.

— O mano El.

— NÃO ESTOU VENDO NINGUÉM — disse a mãe enquanto servia o café

— Ele já vem, deve estar no banheiro escovando os dentes.

— Ah, é? Espero que ele tenha trazido a própria escova e não use a minha. — A mãe estava acostumada com as "viagens" do filho e se divertia com as invencionices dele.

— A senhora sabe o que quer dizer El?

— Deixa eu ver... — disse a mãe fingindo adivinhar.

— Escudeiro da Luz — atalhou Nilinho. — Legal, né?

— Legal. Ainda mais se ele me ajudar a trocar a lâmpada da sala que queimou.

— Eu peço pra ele fazer isso pra senhora. Ele não vai se importar nem um pouquinho, apesar de que ele tem coisas muito mais importantes pra fazer.

— Como, por exemplo? — perguntou a mãe achando graça.

— Trazer o Nando de volta.

A mãe ficou séria, olhou bem para os olhos do Nilinho e viu que eles estavam cheios de brilho e esperança, esperança que ela já não tinha mais.

— Está certo, Nilinho, agora beba o café, senão vai acabar se atrasando para a escola.

— A senhora não acredita em mim, né? Vou lá chamar o mano El e a senhora vai ver que ele sabe mesmo como libertar o Nando da maldição dos zumbis. — Nilinho sumiu no corredor que levava ao banheiro. A mãe escutou ele correr pela casa chamando pelo amigo, uma, duas, três vezes. — Ué!? Não sei onde ele se meteu — disse, voltando para a cozinha. — Vai ver ele tá com vergonha da senhora.

– Vem aqui, Nilinho – disse a mãe puxando uma cadeira para perto dela e convidando o filho a sentar. – Que história é essa de zumbi? O que teu irmão tem a ver com isso?

– Eu não queria dizer pra senhora, mas o Nando virou zumbi, mãe, e agora eu e o Escudeiro da Luz vamos atrás dele e trazer ele de volta pra casa. A senhora vai ver, pode ficar tranquila.

– Escute bem uma coisa, meu filho, não se brinca com coisa séria. Seu irmão não virou zumbi coisa nenhuma, esquece essa besteira de zumbi. Talvez um dia o Nando volte pra casa, mas agora a única coisa que podemos fazer por ele é rezar e...

– Olha, mãe! Meu amigo! O Escudeiro da Luz! – Nilinho deu um pulo da cadeira quando viu o Escudeiro entrando na cozinha.

A mãe olha em volta e não vê ninguém.

– Mãe, este é o Escudeiro da Luz, mas pode chamar ele de El – disse Nilinho fazendo as apresentações. – Mano El, esta é a minha mãe.

– Para com isso, Nilinho, não tem ninguém aqui.

Nilinho vai até a porta e puxa o Escudeiro pela mão. – Mano El, fala com ela, diz pra ela que nós vamos salvar o Nando dos zumbis e que...

– Eu mandei parar com isso, Nilinho, eu já estou ficando assustada.

Nilinho falava sozinho, olhando para o vazio, com o braço estendido no ar, como se estivesse segurando a mão de alguém. – Mano El, por favor, fala alguma coisa!

– Não adianta, Nilinho, ela não vai me ver e tampouco me ouvir – disse o Escudeiro.

– Ouviu, mãe!?

– Não ouvi nada, e para com essa brincadeira.

– Por que ela não escuta você? – perguntou Nilinho puxando o braço do Escudeiro.

– Porque ela não acredita em mim e, pior, não acredita que o Nando possa sair dessa, mesmo que isso seja o que ela mais deseja no mundo.

A mãe, vendo Nilinho gesticulando e falando sozinho, perdeu a paciência.

– Agora, chega, menino! Desta vez você passou dos limites. Vá agora mesmo para o seu quarto que eu vou chamar o seu pai pra ele ter uma conversa com você. Não saia de lá até eu chegar.

A mãe, muito mais preocupada do que zangada, passou a mão na bolsa e saiu para buscar o pai. Só lhe faltava essa, o Nilinho com alucinações.

Assim que ouviu a mãe bater a porta da rua, Nilinho correu para o quarto. Ficou espiando pela janela ela desaparecer na esquina.

– Vamos nessa, mano El! – disse o Nilinho, espiando pela janela do quarto a mãe dobrar a esquina.

– Vamos aonde? Estamos de castigo, ou melhor, você está de castigo, eu só estou lhe fazendo companhia.

– Vamos buscar o Nando. Você não disse que iria me ajudar a tirar ele do Mundo dos Zumbis?

— Sua mãe vai ficar uma fera se não o encontrar aqui quando voltar – preveniu o Escudeiro.

— Eu sei, mas quando a gente voltar com o Nando pra casa, ela vai ficar feliz da vida.

— Você tem certeza de que quer mesmo ir até onde está seu irmão?

— Claro que sim! Vamos logo.

— Antes, é bom que você saiba, você vai ver coisas que jamais pensou que existissem, coisas horríveis, medonhas, assustadoras.

— Um dia eu vi uma ferida enorme na perna do meu tio, não pode ser pior.

— Eu lhe garanto que essa ferida é bem pior.

— Estando com você eu não tenho medo de nada. Onde fica isso? É muito longe?

— Na verdade, é perto, bem mais perto do que você pensa. É um mundo dentro deste mundo, é um quarto dentro deste quarto, uma rua dentro desta rua que passa aqui em frente. As pessoas em geral pensam que esse mundo paralelo só existe longe delas, longe da escola dos seus filhos, dos amigos dos seus filhos, mas, na verdade, esse mundo está mais perto do que elas imaginam, tão perto que é muito fácil não enxergar.

— Não entendi! – disse Nilinho confuso.

— Então, vamos lá, você vai acabar entendendo.

Nilinho pega a mochila e caminha até a porta.

— Aonde você vai? Não é por aí, meu amiguinho. É por aqui o caminho – disse o Escudeiro abrindo o casaco e apontando para o símbolo com as iniciais que trazia no peito. – Feche os olhos e coloque a sua mão aqui no meu peito.

Nilinho se aproximou do amigo Escudeiro, fechou os olhos e colocou a mão sobre o símbolo.

— Abra os olhos, olhe em volta e me diga o que você está vendo – disse o Escudeiro.

— Minha cama, o guarda-roupas, o...

— Não, não, não! – insistiu o Escudeiro. – Vá mais além, além do que você realmente quer ver.

Nilinho novamente fechou os olhos com força e apertou a mão sobre o peito do amigo.

— Abra os olhos. E agora? – perguntou o Escudeiro.

— Minha cama, o guarda-roupas, o...

— Acho que você não vai conseguir. Você tem medo de olhar para o Mundo dos Zumbis e, se você não consegue enxergar a existência desse mundo, não vai conseguir lutar contra ele, entendeu?

— Eu não tenho medo! – disse Nilinho aborrecido.

— Tem, sim – retrucou o Escudeiro. – Todo mundo tem. Até eu tenho.

— Então, como é que você consegue enxergar esse mundo e lutar contra ele?

— Porque eu aprendi a enxergá-lo com outros olhos, os olhos do coração, e é o que você tem que aprender. Enquanto isso não acontecer, esse mundo vai continuar muito distante e ao mesmo tempo perigosamente perto de você.

Nilinho olhou para os olhos do Escudeiro e neles havia uma força desafiadora e iluminada. Aproximou-se devagar, colocou novamente a mão sobre o peito do amigo, fechou os olhos e escutou seu próprio coração batendo no peito do Escudeiro.

– Agora abra os olhos.

A voz do Escudeiro parecia vir de muito longe, e, mesmo querendo muito abrir os olhos, ainda faltava-lhe coragem.

– Vamos, Nilinho, você consegue, abra os olhos.

De repente, ele viu o irmão cercado de zumbis do mesmo jeito que um dia imaginara o irmão cercado pelos sete lobos do Conde Leopoldo XXIII. Se daquela vez ele tinha vencido todos os obstáculos para ajudar o irmão, não seria agora que lhe faltaria coragem. Abriu os olhos.

CAPÍTULO 4

— Este é o Mundo dos Zumbis? — perguntou Nilinho olhando o paraíso que se estendia até onde seus olhos podiam alcançar. Estava no meio de um imenso jardim coberto de grama tão verde e fresquinha que dava vontade de correr de pés descalços. Flores de todas as formas e cores e tamanhos espalhavam um perfume doce e inebriante no ar. Grandes cascatas de águas frescas e transparentes desciam suavemente pelas encostas dos morros. Tudo isso sob um céu azul de um azul que ele jamais sonhara em ver.

O ESCUDEIRO DA LUZ — OS ZUMBIS DA PEDRA

— Tem certeza, Escudeiro, que estamos no Mundo dos Zumbis? – perguntou Nilinho, admirado com o que via.

— Esta é a entrada do Chapaquistão. Parece um paraíso, não é mesmo? Mas, na verdade, nada disso existe. Cheire esta flor – disse o Escudeiro lhe alcançando uma espécie de rosa brilhante e azul.

Nilinho encostou o nariz na flor:

— Não tem perfume nenhum!

— Exatamente. Assim como a àgua daquela fonte não refresca nem mata a sede. Tudo aqui é ilusório.

Saíram caminhado pelas pequenas ruelas de pedras douradas. À medida que iam avançando, a paisagem ia se transformando. A grama verdinha agora começava a amarelar, deixando à mostra uma terra escura e pedregosa. As flores escasseando e, em seu lugar, arbustos retorcidos de troncos espinhosos; as águas, que desciam límpidas das encostas dos morros, agora escorriam avermelhadas das pedras; a brisa fresca, que antes acarinhava o rosto do Nilinho, dera lugar a um ar quente e abafado. Os dois caminhavam em silêncio, vendo o azul do céu sobre suas cabeças se transformar num manto escuro de nuvens negras e pesadas.

Nilinho agora sentia uma areia grossa e escura lhe queimando os pés. Tudo ao redor era deserto, a única coisa que parecia viva ali era um vento morno que desenhava serpentes de poeira rente ao chão.

— Acho que estamos perto – disse Nilinho assustado.

— Muitos jovens que chegam aqui, neste ponto, não conseguem ver a paisagem que estamos vendo, eles ainda continuam enxergando aquele "paraíso" pelo qual passamos. Quando se dão conta do deserto em que se perderam, se desesperam e continuam em frente na esperança de encontrar um oásis, de reencontrar o caminho que os leve de volta ao paraíso ou então de volta para casa. Deste ponto em diante, não existe caminho de volta.

— Se eu quiser, eu volto para o paraíso. – disse Nilinho, se achando esperto. – É só dar meia-volta e andar no sentido contrário.

— Não é tão simples, Nilinho. Aqui as direções se confundem, na verdade, estamos no mesmo lugar de onde saímos. Não importa pra que lado você aponte o nariz, vai acabar chegando sempre no mesmo lugar.

— E que lugar é esse? – perguntou Nilinho.

— Neste lugar – respondeu o Escudeiro apontando para a frente, onde um muro lhes barrava o caminho.

Um gigantesco paredão formado por todo o tipo de coisas empilhadas: sapatos, televisores, cadeiras, roupas, panelas, rádios, automóveis... Uma grande parede de entulhos, muito alta, que se estendia para os lados até se perder de vista.

— E agora? – perguntou Nilinho.

— Precisamos achar a entrada – respondeu o Escudeiro. – O que, lhe garanto, não vai ser difícil, pois para entrar no Mundo dos Zumbis é muito mais fácil do que se pensa.

Nilinho e o Escudeiro caminhavam rente ao muro, procurando uma passagem. Nilinho examinava com atenção e espanto a enorme parede. Tudo que tinha ali eram objetos ou utensílios que faziam parte da vida da maioria das pessoas que ele conhecia... coisas antigas e modernas, velhas e novas. Lembrou de uma história que havia lido sobre um lugar só de coisas perdidas ou esquecidas pelas pessoas, eram coisas tipo guarda-chuvas, óculos, mas ali, naquele muro, tinha de tudo, desde um gato de porcelana até uma asa-delta.

— O que estamos procurando mesmo, mano El? Uma porta, um buraco, uma janela?

— Uma pista – respondeu o Escudeiro.

— Que tipo de pista?

— Temos que pensar... o que faz uma pessoa entrar no Mundo dos Zumbis, meu caro Watson? – disse o Escudeiro brincando.

Os motivos são muitos, pode ser por brincadeira. – O Escudeiro foi até o muro e apontou para um videogame. – Ou um amor não correspondido – disse, mostrando uma almofada em forma de coração. – Informações erradas ou mal-interpretadas – disse, mexendo nos botões de um televisor. – Uma coisa é certa, todos procuram a felicidade, e geralmente num muro igual a esse, sem saber que não é aqui que vão encontrar.

– Eu não entendo isso, olha esse carro – disse Nilinho apontando para um automóvel vermelho. – Quem não ficaria feliz tendo um carro assim?

O Escudeiro se aproximou do carro, abriu uma das portas e começou a examinar o seu interior. – É enorme – disse, já sentado no banco do motorista.

– É lindo. Meu pai ficaria muito feliz com um desses – disse Nilinho.

– Veja bem, meu amigo, é um carro realmente lindo, importado, completo como dizem, quase zero. Olhe os bancos, todos praticamente do jeito que saíram da fábrica, menos o do motorista. Que lhe parece isso?

Nilinho não sabia onde o Escudeiro queria chegar com aquela pergunta e respondeu:

— O motorista era gordo?

— Podia ser gordo – disse o Escudeiro, rindo –, mas pode ser que, apesar do dono gordo desse carro ter tido a felicidade de adquirir esse veículo potente e espaçoso, não compartilhasse sua sorte com ninguém. O estado de novo dos outros lugares pode indicar que ele andava sempre sozinho, e a felicidade dele pode ter se transformado em solidão, pois a felicidade, quando não é repartida, transforma-se rapidamente em solidão, e a solidão é uma das entradas para esse mundo. Portanto, meu caro Watson – disse o Escudeiro com ares de Sherlock –, temos uma pista bem aqui.

O Escudeiro acionou a maçaneta da outra porta do carro e, para a surpresa do Nilinho, a porta se abriu para o lado de dentro do muro.

Diante deles, uma enorme cratera. Lá embaixo, uma cidade com prédios de formas muito estranhas, sem nenhuma simetria ou lógica arquitetônica, eram construídos com o mesmo material usado no muro, ou seja, móveis, utensílios e objetos de todo tipo. Ruelas estreitas pavimentadas com baterias de celulares cruzavam a cidade. Bem no centro, uma gigantesca pedra cujo pico ultrapassava as nuvens. Lixo, muito lixo por toda a parte. À medida que avançavam, começaram a aparecer os primeiros zumbis atirados pelas calçadas, vagando de um lado para outro. Eram todos muito parecidos, muito magros, encaveirados, os olhos fundos, esbugalhados, com olheiras. Muitos escondiam o rosto debaixo do capuz do casaco, pareciam não ter cabeça, apenas um buraco negro sobre os ombros. O cheiro que exalavam era nauseante, e Nilinho teve que se segurar para não vomitar. Por todo o canto saía uma fumaça de cheiro estranho, pelas janelas e portas dos prédios, pelas frestas do chão. Um zumbi veio correndo na direção do Nilinho, que se encolheu nos braços do Escudeiro.

— Não tenha medo, Nilinho – disse o Escudeiro – , ele não pode nos ver. A maioria deles não pode nos ver. No estágio em que se encontram, essas pobres criaturas já não têm olhos para quem quer ajudá-los, seus olhos só enxergam aquela pedra no centro da cidade.

— Será que vamos encontrar o Nando aqui? E como vamos identificá-lo? São todos tão parecidos!

— Vai ser difícil. No estágio em que estão, realmente são todos muito parecidos. Mas, também, de pouco adianta a gente descobrir ele aqui se ele não nos descobrir, entende? Assim como para nós eles se assemelham, para eles, também somos muito iguais. Vamos fazer um esforço pra identificá-lo, mas, se ele não tiver mais olhos para nos reconhecer, invariavelmente fracassaremos; portanto, apenas caminhe ao meu lado, você vai saber que é ele quando ele aparecer, e tenho certeza de que ele também vai reconhecer você.

À medida que chegavam mais perto do centro da cidade, onde a grande rocha se erguia, mais zumbis encontravam. Agora as criaturas também corriam por cima dos telhados; alguns pareciam subir nas paredes, gritavam enlouquecidos, eram gritos de dor e histeria.

Chegaram ao centro da cidade, ao pé da grande rocha. Uma fila enorme, quilométrica, dava voltas e voltas ao redor da pedra. A fila era composta não só por Zumbis, mas por todo tipo de gente, todos tinham em comum os olhos ansiosos e todos carregavam alguma coisa nas mãos, uma sacola de roupas, um par de tênis, uma cafeteira, uma chaleira... alguns carregavam nas costas fogões, geladeiras, aparelhos de ginástica. A gigantesca fila se enroscava na grande rocha como uma serpente viva e esfomeada... todos caminhavam lentamente e em silêncio.

Nilinho e o Escudeiro andavam por entre aquela gente tentando reconhecer o Nando. Notaram que agora muitos conseguiam enxergá-los, pois ouviam gritos de reclamações e desaforos daqueles que pensavam que eles estavam furando a fila. A fila entrava por uma passagem na rocha. Depois de caminharem por um longo túnel, terminaram chegando numa grande galeria, redonda, de teto muito alto e paredes escuras e úmidas. Uma luz artificial, amarelada, dava a impressão de que tudo ali estava azedo ou em vias de azedar. O grande salão era cortado por trilhos onde vagonetas entravam vazias e saíam carregadas de tralhas. O barulho agora era ensurdecedor, todos falavam ao mesmo tempo, discutiam, brigavam, mas, apesar do caos, parecia haver uma certa ordem. A fila única que vinha da rua se dividia em centenas de outras menores, organizadas por homens empunhando armas pesadas e chicotes. Estes homens examinavam as tralhas trazidas pelos zumbis, depois jogavam dentro das vagonetas e os zumbis eram levados até uma espécie de guichê.

Um jovem muito parecido com o Nando chamou a atenção do Nilinho, - Olha aquele cara ali – disse o Nilinho para o Escudeiro. – Acho que é o Nando.

O cara levava uma mochila nas costas e parecia muito nervoso. Apesar de ter a cabeça coberta por um capuz, Nilinho pôde perceber que o jovem também olhava para ele. Os homens armados arrancaram a mochila das costas do rapaz, examinaram o conteúdo, derramaram dentro do vagão e o empurraram para o guichê, onde lhe alcançaram um pequeno embrulho. O jovem escondeu rapidamente o embrulho no bolso das calças e saiu correndo.

– Vamos atrás dele, Escudeiro!

Correram atrás do cara até a saída, onde ele se misturou com os milhares de outros zumbis e desapareceu.

– Você viu, mano El!? Deram uma coisa pra ele em troca do que ele levava na mochila. O que será que era?

– Era um pedaço da pedra.

– Pedra!? Então todos esses zumbis estão aqui para ganhar um pedaço desta pedra?

– Eles trazem essas coisas de suas casas ou mesmo da casa de outras pessoas para trocar pelo que eles chamam de benção da pedra. É uma espécie de oferenda para que não sintam mais dor nem tristeza, mas já não percebem que isso, na verdade, é a própria dor e o fim.

Nilinho ficou pensando...

– Mas se cada zumbi dessa fila interminável levar um pedaço da pedra, um dia a pedra vai acabar.

– Na verdade, essa grande pedra é apenas uma lasca de outra muito, mas muito maior.

O som de uma sirene interrompe a conversa. Uma grande correria começa, os zumbis tentam se esconder como podem, entram em bandos nos prédios. Nilinho e o Escudeiro também correm para um beco.

— São os caçadores de zumbis – explica o Escudeiro. – Vamos ficar aqui escondidos. Não é bom que eles nos vejam.

Os zumbis correm feito baratas pelas ruas. Muitos são pegos, arrancados com violência de dentro dos prédios pelos caçadores, colocados contra a parede e revistados.

— O que eles estão procurando? – pergunta o Nilinho, assustado.

— Eles procuram o amuleto dos zumbis, uma espécie de cachimbo chamado bimbo, onde eles queimam a pedra e exalam a fumaça. Desta forma eles trocam sua alma pela alma da pedra.

— Por que eles querem trocar de alma?

— Porque sentem a alma deles perturbada, destruída, e pensam que a alma da pedra é melhor.

— E os caçadores, o que fazem com o bimbo?

— Pegando o amuleto, os caçadores tentam fazer com que os zumbis desistam de trocar de alma e comecem a aceitar a deles.

— Então os caçadores gostam dos zumbis?

— Uns gostam e estão tentando realmente livrá-los da maldição, outros fazem isso apenas porque são pagos. Mas não importa, cada um faz a sua parte.

— Eu estou fazendo a minha, meu camarada.

— Era uma voz vinda lá do fundo escuro do beco. Nilinho e o Escudeiro olharam rapidamente para trás e ficaram esperando o dono da voz sair da escuridão.

— Ora! É você, Chupa-Almas! – disse o Escudeiro sem surpresas. – Achei que tão cedo não íamos nos ver.

— Você conhece esse cara, Escudeiro? – perguntou Nilinho vendo a figura de um homem saindo da escuridão do beco.

— Infelizmente, eu conheço. Ele e outros da mesma laia – respondeu o Escudeiro, olhando com raiva o homem à sua frente.

Não parecia nem um pouco com um zumbi, ao contrário, tinha os olhos muito vivos, cabelos e mãos bem cuidados, vestia uma roupa cheia de etiquetas que ele fazia questão de mostrar e um tênis que tinha uma marca luminosa maior do que o próprio tênis.

— Não vai me apresentar o amiguinho, Escudeiro? – disse o homem com um sorriso enorme nos lábios.

— Nilinho, este é o Chupa-Almas. É bom que você o conheça e passe longe dele.

— Ora, Escudeiro! Não fique enchendo a cabeça do menino com bobagens. Toca aqui, meu rapaz! – disse o homem estendendo a mão. – Meu nome é Rhiovaldo, mas pode me chamar de Chupa-Almas, eu não me importo.

— Eu já conheço você – disse Nilinho escondendo as mãos rapidamente. – Você estava sempre em frente ao colégio do Nando.

— Que colégio, e que Nando? – perguntou o homem, tirando rapidamente um bloco do bolso do casaco e folheando.

— Meu irmão, Nando. Um dia, eu vi você procurando por ele na frente do colégio.

— Estranho, porque geralmente eu não procuro, sou procurado, mas seu irmão não devia ser muito importante para mim, se fosse, estaria aqui no meu bloco. Deve ser mais um desses idiotinhas.

— Pois para mim ele era importante – disse Nilinho com muita raiva do homem.

— Não liga pra ele, Nilinho, não vale a pena – disse o Escudeiro.

— Liga, sim! – gritou o Chupa-Almas. – Anote aí meu celular. Se precisar de uma pedra boa é só falar. E como você é irmão de um grande amigo meu, leva de cortesia um bimbo novinho em folha e uma caixinha de incenso para você queimar no quarto, que é para seus pais não lhe encherem o saco com perguntas idiotas tipo: Que cheiro é esse?!

— Por que você não pega ele, Escudeiro? É ele que vende essa droga pra todo mundo!

— Não adianta, Nilinho, sai ele e entra outro no lugar. Minha tarefa é outra, é convencer a todos que eu puder a sair dessa ou não entrar nessa fria. É o único jeito de acabar com essa espécie de gente.

— Bem – disse o Chupa-Almas, tirando um relógio do bolso –, a correria lá fora já passou e tenho que trabalhar, meus amigos. Depois dessa correria, muitos não terão paciência de esperar naquela fila e vão me procurar. No fundo, eu sou um facilitador. É só uma questão de boa vontade para entender isso.

— Veja, Escudeiro! – gritou Nilinho. – O meu relógio! O que o Nando roubou.

— Onde você arrumou esse relógio, cara? – disse o Escudeiro ameaçando avançar para cima do Chupa-Almas.

— Esse relógio é meu, está na minha família há anos, foi do avô do avô do meu tataravô e agora é meu por direito – disse o Chupa-Almas, recuando com medo do Escudeiro.

— É mentira, mano El, esse relógio foi o vô quem me deu, e o Nando levou ele quando saiu de casa. Olha atrás do relógio, tem o nome do meu avô gravado.

O Escudeiro levantou o Chupa-Almas pelo colarinho e fulminou ele com os olhos.

— Não vou perguntar mais, cara, onde você arrumou esse relógio? O que está gravado atrás dele?

— Tá bem, tá bem! Olha aqui – disse o Chupa-Almas, mostrando as costas do relógio. – Tá escrito Rodolfo e eu troquei ele com um zumbi. Ele não vai mais precisar ver as horas mesmo. Ele já tá morto.

Nilinho começou a chorar. O Escudeiro atirou o infeliz na parede, pegou Nilinho no colo e saiu.

O Escudeiro, com o Nilinho encolhido em seus braços, atravessou a cidade e seguiu caminhando. Só parou quando estava bem longe, onde apenas a silhueta escura da maldita pedra podia ser vista cortando o céu.

— Viu o que ele falou, mano El, o Nando morreu – disse Nilinho, enxugando os olhos.

— Você fez o que pôde Nilinho.

— Será que fiz? Será que a mãe e o pai fizeram tudo que podiam pra ajudá-lo?

— Todos fazemos o que achamos ser possível fazer. Por menor que possa parecer o esforço de cada um, às vezes, não é o nosso máximo, mas é o que temos no momento, e tenha certeza de que, onde quer que o Nando esteja, ele deve sentir o amor que você tem por ele e deve estar arrependido de não ter percebido isso antes... e o arrependimento é o primeiro passo para a recuperação dele.

— Estou com muito medo, Escudeiro. Como pode tanta gente viver assim e ninguém fazer nada?

— Como eu já disse, a maioria das pessoas desconhece esse mundo, acham que só existe no cinema ou na televisão e que esse mundo jamais vai atingir o seu. Eles colocam grades nas portas e janelas, como se isso fosse impedir os zumbis de entrarem nos seus lares. Eles descuidam das suas crianças acreditando que só lhes dando coisas materiais basta pra que eles escapem dos zumbis. O grande engano começa quando achamos que só temos esse pouquinho de amor que dedicamos aos nossos, à nossa família, aos nossos amigos, que somos incapazes de amar a todos à nossa volta. Só o amor, a solidariedade e a compaixão podem salvar nossos jovens e crianças dos zumbis.

— Todo o amor que eu tinha não conseguiu salvar o Nando – disse Nilinho, voltando a chorar.

— Desta vez, você não pôde mudar o destino "desse irmão", mas existem tantos outros irmãos precisando desse seu amor. Portanto, meu amiguinho – disse o Escudeiro enxugando os olhos do pequeno Nilo – , mãos à obra, é hora de voltar pra casa e trabalhar.

— Você não vem junto? – perguntou o Nilinho

— Não, meu amigo, como você mesmo viu, há muito o que fazer por aqui.

— Não vamos mais nos ver, mano El?

— Deixa disso, cara, uma vez irmãos, sempre irmãos, você sabe que quando precisar de mim, é só chamar.

O Escudeiro pegou a pequena mão do Nilinho entre as suas e encostou no seu peito.

Capítulo 5

Assim que o Nilinho partiu, o Escudeiro voltou para a cidade. Precisava encontrar o Chupa-Almas.

—Tem alguma coisa errada aí e eu vou descobrir.

Não demorou muito para encontrar o Chupa-Almas rodeado de zumbis dando gargalhadas e negociando seu veneno. O Escudeiro chegou por trás e o agarrou com força. Os zumbis que estavam em volta correram.

– Me ajudem aqui, seus covardes! – gritou o Chupa-Almas. – Seu bando de mortos-vivos maricas.

– Calma, meu chapa, não vou machucar você, só quero ver aquele relógio de novo.

– Por que você não pergunta as horas educadamente como todo mundo?

– Não se faça de engraçadinho, onde está o relógio? – Não está mais comigo, juro! Já passei ele para o mestre. Você sabe que essas coisas de mais valor não ficam com a gente. Caras como eu só ficam com as migalhas.

– Não me venha com essa onda, o relógio ainda está com você que eu sei. – O Escudeiro começou a vasculhar os bolsos do Chupa-Almas.

– Para com isso, cara. Olha, os zumbis estão todos olhando pra gente... Isso não vai pegar bem para o meu negócio.

– E se eu pegar essas pedras que achei aqui no seu bolso e jogá-las para cima? Já imaginou a festa que esses zumbis vão fazer?

– Não faz isso, cara! Tá legal, o relógio ainda está comigo, mas não tá aqui, eu deixei lá no beco. Você sabe que hoje em dia não se pode andar na rua com uma coisa valiosa daquelas no bolso, tem muito marginal por aí.

– Então, vamos lá pegar.

– Ok, ok. Agora me solta. – O Chupa-Almas deu uma volta rápida no corpo, conseguiu se desvencilhar do Escudeiro e saiu em disparada. A zumbizada toda que olhava de longe começou a gritar e a aplaudir num frenesi enlouquecido. O Escudeiro saiu atrás. Entraram em becos, saíram de becos, pularam cercas, o Chupa-Almas entrou num prédio e a perseguição continuou por corredores escuros que pareciam não ter fim. Depois, pelas escadas até a laje do último andar onde havia uma grande quantidade de refrigeradores velhos. Eram centenas deles de todas as marcas, cores e tamanhos. O Escudeiro perdeu o Chupa-Almas de vista; provavelmente, esconde-ra-se dentro de um.

— Vamos lá, cara, não me obrigue a abrir todos esses refrigeradores, isso vai me deixar muito brabo, então, é melhor que você apareça. É bobagem ficar se escondendo de mim, se eu não pegar você hoje, amanhã eu o pego.

— Combinado, então, amanhã você me pega – gritou o Chupa-Almas de dentro de uma das geladeiras.

O Escudeiro teve que rir da burrice do cara.

— Que horas fica bom pra você? – perguntou.

— Lá vem você de novo com esse negócio de relógio. Podemos almoçar juntos amanhã e depois você me pega, que tal?

O Escudeiro ia seguindo a voz do Chupa-Almas.

— Não sei se é legal pegar alguém de barriga cheia.

— Você tem razão, mamãe sempre disse que não é bom correr com a barriga cheia.

— Sua mãe nunca lhe falou que é falta de higiene entrar de sapatos dentro da geladeira? – disse o Escudeiro abrindo a porta onde estava o Chupa-Almas todo encolhido. – Agora, me passa o relógio.

58

— Tá certo, perdi, você é muito esperto para mim. Toma o relógio.

O Escudeiro pegou o relógio e leu o nome que estava gravado atrás.

— Como eu pensava, o nome do avô do Nilinho se escreve Rodholfo com h, e aqui está escrito Rodolfo sem o h. Você escreveu isso e contou aquela história sobre o Nando estar morto porque não queria perder o cliente. Você é muito burro, meu chapa!

— Os caras escrevem Rodolfo com h e eu é que sou o burro. Como é que eu ia adivinhar?

— Se esse relógio não é o do avô do Nilinho, como você sabia que o dele tinha esse nome gravado na tampa de trás?

— Já estive com aquele relógio nas minhas mãos, mas aquele idiota do Nando nunca quis fazer negócio, dizia que o relógio era uma lembrança muito cara para ele, que não tinha preço.

— E onde está o Nando agora?

— Aqui mesmo, nesse prédio, eu o tranquei no segundo andar. Enquanto ele não me der o relógio, não ganha a benção da pedra, e você sabe o quanto esses zumbis sofrem sem a benção da pedra. Vamos ver até quando ele resiste.

O Escudeiro teve que contar até dez para não esganar o infeliz. Bateu a porta com toda a força, depois enrolou um cabo de aço em volta da geladeira.

— O que você tá fazendo, cara? Vai me trancar aqui dentro? Não é justo. Eu tenho "geladeirafobia" desde pequeno, vou acabar morrendo aqui dentro.

O Escudeiro deixou o Chupa-Almas esbravejando e desceu aos pulos as escadas até o segundo andar. Correu enlouquecido pelo imenso corredor, olhando porta por porta, até que encontrou o Nando atirado no piso de um banheiro imundo.

— Nando, você pode me ver? Pode me ouvir? — disse, sacudindo o rapaz, que parecia desacordado. — Escuta, meu chapa, eu sou amigo do Nilinho, seu irmão, e tô aqui pra ajudar você.

Quando Nando ouviu o nome do Nilinho, abriu os olhos e gritou:

— Não traz ele aqui, cara, ele não pode me ver assim!

— Calma, ele não tá aqui.

— Era você que estava com ele? Eu vi vocês dois pela janela e me escondi. Não quero que meu irmão me veja desse jeito.

— Então, você conseguiu nos ver? Isso é um bom sinal. Vamos sair daqui, Nando.

— Me deixa aqui, agora não tem mais volta. Vendi minha alma aos zumbis e a única coisa que me alivia a dor, a angústia e a vergonha é meu amuleto, meu bimbo. Enquanto eu estiver com ele, eu estou a salvo.

— Isso não é verdade, Nando, seu amuleto é o amor que seu irmão e seus pais sentem por você. Este bimbo que você usa para queimar a pedra é que o mantém preso a esse mundo. Quando você tiver coragem de quebrá-lo, vai ver que isso é uma grande ilusão. Eles fazem você acreditar que sem ele você não vive, sem a benção da maldita pedra não existem maneiras de você prosseguir. É uma grande mentira, Nando, tente entender isso.

— Eu tenho medo de sentir dor, tenho medo da maior tristeza do mundo que me cai sobre a cabeça sempre que eu tento me afastar do amuleto. Tenho medo do ódio que eu sinto por mim mesmo.

— Se o Nilinho é capaz de sentir e ver tanto amor em você, você também consegue.

Nando tira o bimbo do bolso, gira ele entre os dedos e diz:

— Eu consigo sentir todo o amor que ele e meus pais sentem por mim, mas também sei que sozinho eu não vou conseguir.

— Tá certo, sozinho ninguém consegue. Você vai precisar de pessoas que, primeiramente, vão tratar o seu corpo físico, que está debilitado e dependente, depois da sua cabeça, que também está doente. Essa droga pode ter feito você esquecer de quem realmente é ou queria ser, mas jamais vai matar o bem que você carrega dentro de si. Tá na hora de nascer de novo, cara, de quebrar esse feitiço.

O Escudeiro pega o bimbo e o coloca no chão, na frente do Nando; junta uma pedra que estava ali no piso do banheiro e lhe entrega:

— A PEDRA ESTÁ NA SUA MÃO, VOCÊ DECIDE.

Capítulo 6

Nilinho acordou deitado no chão do quarto. Sentia a cabeça girar. Imagens assustadoras do Mundo dos Zumbis lhe vinham à mente misturadas com a do irmão, atirado num beco imundo daquela cidade de horrores. A risada diabólica do Chupa-Almas lhe martelava a cabeça.

Aos poucos, foi recuperando a consciência. Estava no seu quarto, de castigo, esperando a mãe que tinha ido chamar o pai para conversar com ele porque achava que ele estava tendo alucinações. E agora? Contava tudo para eles sobre o Mundo dos Zumbis? O Escudeiro? A morte do Nando? Aí, sim, que eles teriam certeza de que ele tinha mesmo enlouquecido.

Decidiu que iria contar tudo, eles tinham que saber que aquele mundo existia, que não adiantava fechar os olhos para a realidade nem para o mal que havia caído sobre eles. Eles teriam que aprender que perderam o filho, mas que outros filhos estão por aí, nas ruas, e que esses eles ainda poderiam salvar. Ele contaria para os pais da tristeza que sentia de ter perdido o irmão, mas que agora ele descobrira que tinha outros irmãos para cuidar e repartir sua vida.

Escutou a voz da mãe na cozinha, depois a voz do pai. Iria lá, agora, contar tudo.

— Olha só quem finalmente acordou? – disse o pai sorrindo ao vê-lo entrando na cozinha. O pai estava sentado numa ponta da mesa, a mãe na outra, estavam jantando. Nilinho ficou feliz de ver essa cena que tantas saudades sentia de ver.

— E aí, dorminhoco! Sentiu o cheiro da comidinha e resolveu acordar? – disse a mãe providenciando um prato para ele.

— Preciso explicar para vocês aquela história do Escudeiro.

— Antes nós vamos lhe contar uma novidade – disse a mãe. – Adivinha quem estava deitado na porta aqui de casa quando eu e seu pai chegamos?

— Um dos vira-latas do seu Leopoldo? – respondeu sem esconder o desinteresse.

— Deixa de ser bobo, Nilinho. O seu irmão, o Nando.

Nilinho ficou mudo.

— Ele mesmo – disse o pai –, está lá no meu quarto deitado.

Nilinho pulou da cadeira.

— Não poder ser! Vou lá ver ele!

A mãe o segurou pelo braço.

— Espera, Nilinho! O mano pediu para que não deixássemos você entrar no quarto enquanto ele não estivesse bem.

— Ele está muito fraco e debilitado – completou o pai –, e ele não quer que você o veja assim.

Nilinho começou a chorar. O pai o pegou no colo e o apertou contra o peito.

— Ele pediu que eu lhe entregasse isso. – O pai tirou do bolso um embrulho.

Nilinho o abriu e era o relógio do vô Rodholfo. Com "h".

— Mas ele tinha vendido o relógio pro Chupa-Almas, pai! – disse Nilinho cada vez mais sem entender o que estava acontecendo. Será que tudo que tinha vivido, o Mundo dos Zumbis, a grande pedra, o Escudeiro, tinham sido mesmo alucinações?

— Quem é esse tal de Chupa-Almas? – perguntou a mãe.

— É o cara que trocou o relógio por um pedaço da pedra. o Nando precisava da benção da pedra para trocar de alma e continuar vivendo, então...

— Calma, Nilinho – interrompeu o pai.

— O Escudeiro me levou até o Mundo dos Zumbis para procurar o Nando e trazer ele de volta pra casa... – Nilinho parecia não conseguir parar de falar – ...e tinha um jardim e depois esse jardim se transformou num deserto e aí a gente chegou até um muro enorme que era feito de tudo quanto era coisa e tinha um carro de um cara gordo e a gente entrou por uma porta e saiu pela outra e aí tinha uma cidade dentro de uma cratera com uma pedra enorme no centro que ia até o céu e tinha zumbi pra todo lado e uma fila que entrava na pedra e...

— Tá bom, tá bom, Nilinho! – disse a mãe. – Calma, tudo isso já passou, foi só um sonho, um grande pesadelo. Seu irmão agora está aqui de novo com a gente e nós vamos cuidar dele.

Nilinho olhou para a porta da cozinha que dava para o corredor e viu o Escudeiro parado.

— Olha o Escudeiro da Luz, mãe! Ali, na porta!

A mãe nem se virou para conferir. O pai levantou, acendeu um cigarro e ficou caminhando de um lado para o outro. Os dois não entendiam mais nada.

— Eu sei que vocês ainda não conseguem ver ele, mas ele tá aqui com a gente, esperando que vocês acreditem no Mundo dos Zumbis.

— Nós sabemos que existe droga e bandidos lá fora, Nilinho – disse o pai. – Não precisamos que ninguém venha nos dizer isso.

— Todo mundo sabe, pai, mas ninguém quer acreditar que existe mesmo.

A mãe escutava em silêncio. O filho tinha razão, ela sabia do mal que os rodeava e que tinha destruído sua família. Estava lá, exposto todos os dias na televisão, nos jornais, nas ruas do bairro, mas ela não queria acreditar que esse mal tinha entrado em sua casa. Agora lembrava das pequenas pistas deixadas pelo filho mais velho e que ela não percebera ou não quisera ver. Olhou para trás, para a porta do corredor e viu, ali, parado, sorrindo, o Escudeiro.

– Eu estou vendo o Escudeiro da Luz, meu filho!!

– Sério!? – perguntou Nilinho.

– Para com isso – disse o pai meio zangado. – Não fica alimentando essas bobagens na cabeça do menino.

– Eu estou mesmo vendo ele e ele está olhando pra você, esperando que de uma vez por todas você aceite o que aconteceu com nossa família.

– Lá vem você de novo me jogar a culpa – disse o pai.

– Quem sabe você começa por aí, como eu, aceitando a sua parte de culpa nessa história – disse a mãe.

Ela já havia dito para o marido coisas parecidas, mas, se antes soavam carregadas de acusação, ódio e rancor, desta vez não. O pai percebeu que alguma coisa tinha mudado no tom de voz da mãe e lembrou da vez em que viu o Nando roubando um de seus cigarros e não se importou. Da primeira noite que ele dormiu fora de casa sem avisar e ele pensou, orgulhoso: "meu filho tá virando homem". Lembrou das reclamações que vinham da escola, dos amigos do filho que ele não gostava, mas achou que não devia se meter, o desinteresse pelas coisas e pelas pessoas à sua volta... Foram tantas as coisas que ele viu, mas não quis enxergar.

– Você deve ser o amigo do Nilinho – disse o pai estendendo a mão para o Escudeiro que se materializava à sua frente.

– Tá vendo ele, pai!? – gritou Nilinho.

O pai fez que sim com a cabeça, a mãe sorriu. Nando correu e foi abraçar o amigo.

66

— Escudeiro, o Nando não morreu. Tá lá no quarto dormindo. Como você conseguiu achá-lo e tirar ele do Mundo dos Zumbis?

— Não, na verdade eu apenas emprestei meu ombro pra ele se escorar e chegar até aqui. Ninguém tira ninguém do Mundo dos Zumbis à força, só tenta mostrar a saída.

— Não sabemos como lhe agradecer por isso – disse o pai.

— Agradeçam ao Nilinho, ao amor que ele tem pelo irmão que fez com que ele tivesse coragem para ver o Mundo dos Zumbis de perto.

— Nós também amamos muito o Nando e mesmo assim custamos a ver o que estava acontecendo – disse a mãe, um pouco embaraçada.

— Claro que sim, tão grande quanto o do Nilinho, mas às vezes, vestidos de pai e mãe, com todas as dificuldades que essa condição nos impõem, os olhos desse amor se limitam e não conseguem enxergar além. Esquecemos que somos pais e mães de todas as crianças desse planeta e que esse amor pode e deve ser repartido com todos. Vocês agora conseguem ver, assim como o Nilinho viu o Mundo dos Zumbis e vão conseguir lutar contra esse mundo com muito mais força e em condições de vencer.

— Não sei como pude deixar as coisas chegarem a esse ponto – disse o pai debruçado na mesa com a cabeça baixa. – Pobre do Nando, pobre de todos esses jovens perdidos nesse inferno.

— Não fiquem se culpando – disse o Escudeiro. – A culpa é de todos e não é de ninguém. Esse sentimento agora só vem enfraquecer vocês, e é isso que o Mundo dos Zumbis quer, eles também usam a culpa para cegá-los, assim como eles perceberam a fraqueza momentânea do Nando para fisgá-lo.

— O que podemos fazer a partir de agora para impedir que esse mal continue se espalhando, Escudeiro? – perguntou a mãe.

— Muitas coisas, muito mais do que vocês imaginam. O mais importante é não esconder de si mesmos a existência desse mundo, é não achar que ele só existe longe de vocês e que vocês estão livres dele apenas protegendo os seus. Hoje, conseguimos manter nossos filhos longe, talvez consigamos livrar nossos netos, mas um dia, invariavelmente, se não fizermos nada agora, ele vai bater na nossa porta.

Todos agora estavam em silêncio, sentados em volta da mesa, pensando no que fizeram e no que ainda tinham que fazer e, apesar de tudo o que haviam escutado, se sentiam mais fortes e esperançosos. Depois de alguns minutos, o Escudeiro falou:

— Bem, meus amigos, é hora de ir embora. Vou tranquilo, sabendo que agora tenho novos amigos que vão me ajudar a lutar contra o Mundo da Pedra e que, com o amor e a união de vocês, o Nando pode escapar dessa. Ele vai precisar também do auxílio de pessoas capacitadas a livrá-lo do mal químico que invadiu o seu corpo... Deixei o endereço de um médico amigo meu na cabeceira da cama dele.

— Fica mais um pouco com a gente, mano El – disse Nilinho.

— Não posso, meu amigo, lembrei que deixei uma coisa na geladeira e preciso tratar disso. – O Escudeiro pegou o relógio que estava na mesa. – Antes é bom que você saiba, o Nando jamais teve coragem de se separar desse relógio, pois sabia que era seu, mandou lhe dizer que esse relógio foi o verdadeiro amuleto dele.

— Espera, quero lhe dar um presente – disse Nilinho correndo para o quarto e voltando com uma folha de caderno.

— O desenho que eu fiz de você.

— Você não vai precisar dele? Se precisar de mim novamente, vai conseguir lembrar como eu era?

— Como eu poderia esquecer de um irmão!?

— Tá certo. Toca aqui, mano Nilinho – disse o Escudeiro com a mão no ar.

— Toca aqui, mano El – disse o Nilinho batendo na mão do amigo.

Capítulo  7

Depois que o Escudeiro foi embora, a mãe foi para o fogão passar um café e preparar um chocolate quente para o Nilinho enquanto combinavam o que tinham que fazer para começar já a tratar o Nando. Nilinho disse que, depois de tudo que vira, tinha medo do irmão não conseguir de novo se recuperar.

– O MANO VAI SAIR DESSA – disse o pai. – Desta vez nós não vamos desistir dele tão fácil. Vi nos olhos dele uma fé que eu nunca tinha visto antes e, o mais importante, todos nós agora acreditamos que vai dar certo.

Nilinho abraçou o pai e disse:

– Antes do senhor ir embora, eu gostaria de lhe mostrar uns desenhos que eu fiz.

– Seu pai não vai embor, a Nilinho – disse a mãe.

– Não vou? – perguntou o pai surpreso.

– Se não quiser ir – respondeu a mãe com um sorriso.

– Não quero não, morro de saudades de todos vocês, meu lugar é aqui, e quanto mais unidos estivermos mais forças teremos para ajudar o Nando, como disse o "Escoteiro".

– Que "escoteiro", pai – disse o Nilinho rindo.

– Vai dizer que só eu vi o "Escoteiro"?

– Claro que não! Todos nós vimos ele, homem, deixa de ser bobo – disse a mãe também rindo.

Nilinho agora dava gargalhadas pela cozinha.

– Olha esse guri! – disse o pai apontando para o Nilinho, que se desmanchava de tanto rir. – Só porque eu falei no tal "Escoteiro".

Agora a mãe se juntava ao Nilinho e os dois riam sem parar.

– Eu ouvi ele dizer com todas as letras que era escoteiro, qual é a graça, vocês nunca viram um escoteiro na vida?

A mãe, quase sem conseguir falar de tanto rir, perguntou:

— Não seria Escudeiro, por acaso?

— Não, senhora! Eu tenho certeza de que ele disse com todas as letras e-s-c-o-t-e-i-r-o.

Nilinho e a mãe rolavam no chão de tanto rir.

E É ASSIM QUE VAI TERMINAR ESSA HISTÓRIA, PORQUE, SE É COISA QUE ZUMBI NENHUM SUPORTA É FELICIDADE.

Estou no último ano dos meus vinte, não tomo nenhuma bebida alcoólica, nunca experimentei nenhum tipo de cigarro ou qualquer outro tipo de droga, mas sei da flor da pele ao pó do osso, o estrago que o envolvimento com drogas pode causar. Nas dezenas de cidades que visitei como comunicador ou como executivo social da CUFA – Central única das Favelas – vi e vivi momentos que muitas pessoas sequer suportaria a trilha sonora, não que eu seja mais forte e tenha suportado, o que vi e ouvi me assombra à noite, me tiraram noites de sono, mas só o fato de agora você estar lendo essas linhas, me conforto acreditando que valeu a pena. As dores e lembranças não são somente minhas, milhares de pessoas carregam no peito as cicatrizes de ter familiares e amigos no "Chapasquitão" e sonham em um dia tirá-los de lá. Parte destes sonhadores reuniram-se e formaram o Coletivo Criador, um grupo que de maneira informal cria e recria soluções através da arte. Parece que foi ontem que os meninos desse grupo me ligaram dizendo que iriam escrever um livro onde eu me emprestaria como personagem. No começo eu fiquei meio cabreiro com esse negócio de ter meu nome e minha fisionomia nas páginas de um livro, como de costume, consultei minha mãe e perguntei a ela se não era estranho, a resposta dela foi curta e objetiva: "Não criei filho para ter vergonha de si mesmo." Depois desse papo com minha coroa, aceitei o desafio com a condição que eu pudesse participar do processo de criação do livro. Visitei mais de 70 cidades do Brasil falando sobre o crack, conheci milhares de realidades diferentes, no Rio Grande do Sul, estado onde moro, as coisas que vi e ouvi me convenceram que nenhum esforço deveria ser poupado quando o assunto era a prevenção. Hoje depois de pronto olho para as páginas e agradeço a oportunidade que me foi dada pelo Daniel, Danilo e Marco Cena.

Dedico estas linhas a um menino chamado "Dadau" que como o Nando está preso numa masmorra de pedra lutando para sair.

Manoel Soares

Manoel Soares atua nas áreas de processos comunicacionais e gestão social. Na área da comunicação, tem ao longo de sete anos construído sua carreira como jornalista sendo repórter da RBS TV - canal filiado à Rede Globo - apresentador do programa Perifa, na Rádio Cidade FM e colunista do Diário Gaúcho. O trabalho desenvolvido nos meios de comunicação busca inovar a relação das periferias com o maior grupo de comunicação da região. Na área de gestão social, Manoel Soares é coordenador executivo da CUFA RS - Central Única das Favelas, liderando uma equipe de profissionais de áreas diversas com o objetivo de encontrar novos caminhos para os problemas relacionados à periferia. A gestão das ações sociais lideradas por Manoel Soares tem a intenção de aliar os projetos com a periferia aos processos comunicativos eficientes, prezando por democracia da informação, direitos humanos e justiça social.

Marco Cena nasceu em Porto Alegre, em 1957. É designer gráfico, capista, autor e ilustrador de livros infantis. Pela BesouroBox, publicou os livros *Te Amo* (2007) e *Mãe* (2008). Prêmio Henrique Bertasso, de melhor ilustrador de livros infantis (1998). Prêmio O sul/Correio do Povo, de melhor capa/livro (2003). Prêmio destaque 47ª e 48ª Feira do Livro de Porto Alegre.